AF317915

AMANDA,

MÉLODRAME EN TROIS ACTES,

A GRAND SPECTACLE;

Par MM. HINAUX et COFFIN RONY,

Membre de la Société Académique des Sciences et Arts,
séante au Louvre, à Paris ;

Musique de MM. Quaisain et Darondeau,

Représenté pour la première fois, à Paris , sur le Théâtre
de l'Ambigu Comique , le 31 Juillet 1805.

A PARIS,

Chez FAGES , au Magasin de Pièces de Théâtre , boule-
vard Saint-Martin , N°. 29, vis-à-vis la rue de Lancry.

1810.

PERSONNAGES.	ACTEURS.
MORTIMER, amant d'Amanda.	M. Vigneaux.
CHERBURY, père de Mortimer.	M. Joigny.
BELGRAVE, colonel.	M. Defresne.
BOSTON, chapelain du château de Dunreath.	M. Dumont.
AMANDA, fille du duc de Dunreath.	Mlle. Lévesque.
MILADY RUDOFF, fille de la seconde épouse du duc de Dunreath.	Mlle. Bourgeois.
CHARLOTTE, suivante d'Amanda.	Mlle. Lagrénois.
JOAN, jeune villageois, jardinier du château de Dunreath.	M. Melcour.
THOMY, père de Joan.	M. Stokley.
Un paysan.	
Villageois et Villageoises.	

La Scène se passe en Angleterre ; aux deux premiers Actes dans une maison de Milady Rudoff, à Bristol, et le troisième acte au château de Dunreath.

AMANDA.

ACTE PREMIER.

Le théâtre représente un jardin.

SCENE PREMIERE.
BELGRAVE, MILADY.

BELGRAVE.

Je reçois à l'instant votre lettre, Milady, et j'accours.
Belgrave, serait-il assez heureux pour que l'amour ait dicté
l'ordre de me rendre auprès de vous dans le plus bref délai.

MILADY.

Oui, Belgrave, l'amour y est pour beaucoup ; mais la
veangeance aussi a ses droits.

BELGRAVE.

Cette haine que vous portez à Amanda, je la conserve
contre Mortimer, qui, pendant quelque temps osa me dis-
puter votre cœur.   MILADY.

Oui, et vous n'ignorez pas que je l'ai aimé.

BELGRAVE, *à part.*

Tu l'aimes encore.

MILADY.

Mais cet amour d'un moment se changea bientôt en mépris. La jalousie n'est point le sentiment qui m'anime, c'est
mon amour-propre humilié de la préférence qu'il a don-
née à cette Amanda... à cette Amanda, dont vous avez
vous-même essuyé les rigueurs et les mépris.

BELGRAVE.

Loin de nous un amour qui nous forcerait à rougir ! Je
n'aspire, en cet instant, qu'à vous venger et à vous plaire.
Oui, Milady, j'aime..

MILADY, *à part.*

Ma fortune.

BELGRAVE.

J'aime avec fureur, et mon cœur brûlant d'un feu plus
noble, attend avec impatience l'instant où Milady Rudolf
deviendra l'épouse de l'heureux Belgrave. Croyez, je vous
prie, que sans cet espoir, je me serais déjà acquitté des
cent mille livres que vous voulûtes bien me prêter pour
acheter mon régiment.

MILADY.

Vous savez quelles furent mes conditions... Amanda...
humiliée... deshonorée.

BELGRAVE.

Et Mortimer séparé pour toujours de son amante.

MILADY.

Oui, pour toujours.

BELGRAVE.

Hâtons donc l'instant de leur perte et de notre bonheur.

MILADY.

C'est pour l'exécution de ce projet que je vous ai mandé.

BELGRAVE.

Je partage votre haîne, et la vengeance a des charmes pour moi. Jusqu'à présent, j'ai tout employé pour perdre Amanda ; adresse, ruse, pièges, séduction, calomnie, je n'ai rien négligé.

MILADY.

Tout a échoué contre ses charmes et sa vertu ; mais aujourd'hui mes mesures sont prises, et secondé par votre amour et votre adresse, Milady cette fois, obtiendra la victoire. Vous savez, Belgrave, qu'Amanda est fille de Malvina Fitzalan, première épouse du duc de Dunreath. Cette Malvina était d'une haute naissance ; mais sans fortune. Le duc, peu libéral, l'avantagea faiblement ; elle mourut quelque temps après avoir donné le jour à Amanda. Bientôt le duc, oubliant une épouse adorée, rendit des soins à ma mère, et lui donna sa fortune avec sa main. J'avais alors sept ans. Amanda fut deshéritée...

BELGRAVE.

Et vous jouissez en paix d'un bien immense.

MILADY.

En paix ! Non, j'ai des pressentimens...

BELGRAVE.

Chimères.

MILADY.

Des craintes...

BELGRAVE.

Mal fondées, sans doute.

MILADY.

Tout me porte à détester cette Amanda... ses malheurs...

BELGRAVE.

Sont notre ouvrage.

MILADY.

Sa beauté que l'on vante, me la fait redouter, et livre mon cœur au plus cruel supplice.

BELGRAVE.

Mais dites-moi, auriez-vous à craindre que le duc eût, par un retour sur lui-même, rendu à sa fille l'héritage dont il l'avait frustrée.

MILADY.

Dans les derniers momens de sa vie, le père d'Amanda, faible comme tous les vieillards, témoigna quelquefois le désir de révoquer l'acte sévère qui deshéritait sa fille ; mais à force de vigilance et d'adresse, Milady, ma mère, écarta tout ce qui pouvait nuire à ses intérêts.

BELGRAVE.

Pourquoi donc ces craintes ?

MILADY.

Mon beau père, au lit de la mort, envoya chercher le chapelain du château, fit éloigner son épouse, ainsi que tous les gens qui l'entouraient, et le résultat de leur entretien fut toujours un mystère pour nous.

BELGRAVE.

Cessez de vous alarmer; vos droits sont reconnus et je saurai les conserver. Revenons à notre plan de vengeance. Amanda est-elle toujours à son couvent.

MILADY.

Non, elle est ici.

BELGRAVE.

Ici ?

MILADY.

Oui, dans cette maison, et dont elle fuira bientôt, je l'espère, déshonorée, méprisée, détestée même de son amant. Ecoutez-moi, Belgrave : Mortimer lui proposa souvent de l'épouser en secret. Soit vertu, soit adresse, elle a constamment refusé Mortimer, rebuté de cette résistance, et jaloux à l'excès, imagina qu'une autre passion s'opposait à ses desirs. Dans son désespoir, il fit serment de la fuir. Tout autre à ma place eût saisi cette occasion pour perdre sa rivale; mais Milady Rudoff...

BELGRAVE.

Ne fais point de ces faux pas.

MILADY.

Non, sans doute. Je vis clairement que cette haine n'était que le transport d'un amour plus ardent; et loin de la calomnier, je rehaussai ses vertus aux yeux de Mortimer; je gagnai facilement la cause de cette coupable adorée; sa confiance en moi fut alors sans bornes, je devins dépositaire de tous ses secrets, et dès cet instant leur perte fut assurée. Amanda, vous le savez, vivait dans un couvent, du produit de son travail, ne voulant accepter aucun secours de son amant. Je saisis cette occasion pour l'attirer chez moi. Sans parens, sans appui, embarrassée d'elle-même, la trop crédule orpheline accepta sans méfiance mes offres généreuses. Voilà, mon cher Belgrave, où nous en sommes. J'ai déjà réveillé la jalousie de Mortimer, par un billet anonyme, que je lui ai fait remettre ce matin. Ce qui nous reste à faire serait trop long à détailler, et nous pourrions être surpris par Amanda. Il ne faut pas qu'elle nous voie ensemble, tout serait perdu. Rendez vous de ce pas chez la comtesse Martha. Je vous rejoins bientôt, et vous y apprendrez le rôle que je vous destine.

BELGRAVE.

Je cours exécuter vos ordres, Milady; puissé-je contenter vos vœux, et voir couronner une aussi grande entreprise. *(Il lui baise la main et sort.)*

SCENE II.

MILADY, seule, regardant sortir Belgrave.

Je ne suis pas ta dupe, et malgré le manteau dont tu t'enveloppes, j'ai su pénétrer le véritable sentiment qui te guide. L'ambition, l'espoir d'acquérir ma fortune, ont plus d'éclat à tes yeux que mes faibles attraits. Va, je te dispense d'un sentiment que je n'éprouverai jamais pour toi. J'ai besoin de ta perfidie. Ah! quelle contrainte? que je souffre! Amour cruel, qui me tourmente! suis-je assez le jouet de tes caprices. Mortimer règne toujours sur ce cœur assez faible pour oublier ses mépris. Tour-à-tour animée par la tendresse, déchirée par la haine, à quoi faut-il céder? sans Amanda, Mortimer serait sensible pour moi. Avant elle, j'ai possédé son cœur; ses soins étaient de me plaire, il me voit encore avec plaisir, et souvent ses empressemens... Mais non, non, un fol espoir m'aveugle; mon esprit s'égare, il n'aime en moi que la confidente....... O comble d'humiliation! Amour, taisez-vous! gloire réveillez-vous, prêtez des armes à ma vengeance. Mais je l'apperçois, cette Amanda, sa vue m'indigne et me révolte.

SCENE III.

MILADY, AMANDA.

MILADY.

Vous voilà, ma chère Amanda. (*Elle la baise sur le front.*) J'allais passer chez vous pour savoir des nouvelles de votre indisposition.

AMANDA.

Tant de bontés, madame...

MILADY.

L'amitié seule me guide.

AMANDA.

Ah! vous pénétrez mon cœur de la plus vive reconnaissance!

MILADY.

Exiger de la reconnaissance, serait mettre un prix à ses services, ma récompense est là. (*Elle met la main sur son cœur.*) Rompons un entretien qui me blesse, et attendez l'effet de mes sentimens pour vous. Avez-vous vu hier lord Mortimer.

AMANDA.

Oui, madame.

MILADY.

Lord Cherbury son père, a-t-il fait connaître ses intentions? Vaincu par mes instances, vos charmes et l'amour de son fils, approuve-t-il enfin une union qui doit faire notre bonheur à tous?

AMANDA.

Lord Mortimer m'a dit qu'il espérait ne point trouver d'obstacles auprès de son père; qu'il allait enfin solliciter son agrément pour notre union, et qu'il viendrait aujour-

(7)

d'hui même m'apprendre l'époque à la quelle elle sera fixée.

MILADY, à part.

Quel coup! (haut.) Tous mes vœux seront donc exaucés. Je vous verrai heureuse. Permettez que je fasse éclater la joie que j'éprouve de voir couronner, par le succès, les soins de mon amitié pour vous.

AMANDA.

Aucun des bienfaits que je reçois, ne m'étonne de votre cœur généreux.

MILADY.

C'est qu'il n'est point d'intérêt que n'inspirent vos vertus et votre beauté. Cependant j'étais loin de m'attendre à une décision aussi prompte.. Mais, vous-même, Amanda, vous semblez ne pas jouir de l'excès de votre bonheur, une secrète inquiétude...

AMANDA.

Je vous l'avouerai, Milady, l'embarras du rang où le hasard m'appelle.

MILADY.

Mais votre naissance ne le cède en rien à celle de Mortimer.

AMANDA.

Mon entrée dans un monde nouveau, peu fait pour mon âme craintive, une fortune au-dessus de mes vœux; tout m'étonne et m'inspire une terreur... Plus encore une aventure aussi singulière qu'imprévue...

MILADY.

Une aventure! auriez-vous des secrets pour moi?

AMANDA.

Si j'en avais pour quelqu'un, Milady ne serait pas celle qui pourrait me faire un tel reproche.

MILADY.

Epanchez donc vos inquiétudes dans le sein de la plus tendre amitié.

AMANDA.

Hier, revenant de chez la comtesse de Witch, et rentrant à votre hôtel, un vieillard d'une figure vénérable...

MILADY, à part.

Un vieillard?

AMANDA.

Ayant l'air d'un ministre des autels, m'aborde, et d'un ton de respect et d'une tendre sollicitude me dit: est-ce vous miss qui êtes Amanda, fille de Malvina Fitzalan? — Oui, lui dis-je, un peu saisie. — Que le ciel soit béni, s'écrie le vieillard, il y a quinze mois que je vous cherche.

MILADY, à part.

Serait-ce le chapelain?

AMANDA.

Vous demeurez chez lady Rudoff? — Oui. Après ces mots, il disparut. Tremblante, je suis rentrée dans mon appartement, et j'ai passé la nuit dans les inquiétudes les plus affreuses. Mille idées se sont présentées à mon esprit.

MILADY, *à part.*

Plus de doute, mes craintes sur le testament étaient fondées (*Haut.*) Que peut signifier la démarche de ce vieillard ?

AMANDA.

Dois-je encore redouter de nouveaux chagrins ? L'odieux Belgrave.

MILADY.

N'osera vous poursuivre en ces lieux.

AMANDA.

Son audace, la corruption de ses mœurs...

MILADY.

Trouveront une barrière insurmontable dans mon amitié pour vous. Bannissez vos craintes, ma belle amie, ne pensez plus qu'au bonheur qui vous attend. Je vais faire une visite à lady Martha, et ce soir je tiendrai fidèle compagnie à ma bonne Amanda. (*A part.*) Courons accélérer sa perte. (*Elle sort.*)

SCENE IV.

AMANDA, *seule.*

Quelle âme ! oh oui, l'amitié d'un être aussi noble, aussi généreux, est un bienfait du ciel. Je te remercie, ô divine providence ! veille encore sur la timide Amanda ; achève ton ouvrage, délivre sa jeunesse des pièges des méchans, et fais qu'épouse fortunée, elle marche toujours d'un pas ferme et assuré dans le sentier de l'honneur et de la vertu.

SCENE V.

CHARLOTTE, AMANDA.

CHARLOTTE, *une lettre à la main.*

Me voici de retour de la poste. Pardon, ma chère maîtresse, si j'ai été si long-temps ; mais le courrier ne faisait que d'arriver. Je rapporte enfin une lettre ; au pli seul j'ai reconnu qu'elle était de ma mère : voulez-vous bien avoir la bonté de me la lire. Je suis si troublée que...

AMANDA.

Avec plaisir, ma chère Charlotte. « De Thudor-Hall, » ce 15 mai. Ma chère fille, j'ai reçu les deux guinées que » tu m'as envoyées...

CHARLOTTE.

Tant mieux.

AMANDA, *lisant.*

» C'est beaucoup trop.

CHARLOTTE.

Ce n'est pas autant que je voudrais.

AMANDA.

» Tu as doublé la somme, cette fois.

CHARLOTTE.

Et mon bonheur aussi.

AMANDA.

» Je crains que tu ne te gênes.

CHARLOTTE.

Pour sa mère !

AMANDA, *continuant de lire.*

» Mais tes secours désormais sont inutiles, et je puis
» actuellement travailler au bonheur de ma Charlotte. Nous
» avons enfin gagné le procès qui depuis vingt ans m'avait
» privée de ma fortune. La partie adverse est condamnée
» aux frais et dépends, et nous rentrons dans notre héritage.
» J'instruis par le même courier ta tante. Notre fortune est
» commune ; elle va quitter la place de concierge chez mi-
» lady Rudoff. Prends-la au château de Dunreath, et re-
» viens dans les bras d'une mère qui te chérit. »

Charlotte GLÈNE.

CHARLOTTE.

Ah ! quel plaisir de ne plus quitter ma mère, de lui prodiguer tous mes soins ! Je brûle de la voir, de la presser
dans mes bras. Je voudrais déjà... Ah ! pardon , miss !
cette nouvelle m'étourdit sur le chagrin que j'ai de me séparer de vous ; mais malgré mon empressement, je suis
décidée à ne me rendre dans ma famille qu'après votre
union avec celui que vous aimez tant. Oui , ma chère
maitresse, j'ai besoin d'emporter avec moi cette certitude
de votre bonheur.

AMANDA.

Non, Charlotte , ne retarde pas celui de ta mère.

CHARLOTTE.

Mademoiselle , le voici.

AMANDA.

Lord Mortimer ?

CHARLOTTE.

Lui-même.

SCENE VI.

LES Précédens , MORTIMER.

MORTIMER.

Bon jour , Amanda. (*à Charlotte.*) Bon jour , ma bonne
Charlotte.

CHARLOTTE.

Votre servante , milord. (*à Amanda.*) Miss , je vais
prévenir madame la marquise de la nouvelle que je viens
de recevoir. (*Elle sort.*)

SCENE VII.

AMANDA, MORTIMER.

AMANDA.

Vous venez bien tard, aujourd'hui.

MORTIMER , *d'un air sombre.*

Il est vrai.

Amanda.

AMANDA, *avec intérêt.*

Qu'avez-vous, mon ami , vous paraissez troublé.

MORTIMER.

Je n'ai rien.

AMANDA.

Votre père aurait-il refusé son consentement ?

MORTIMER.

Mon père, non, Amanda.

AMANDA.

Qui peut donc vous mettre dans l'état où je vous vois ?

MORTIMER , *fixant Amanda.*

Répondez-moi , miss , et surtout soyez sincère.

AMANDA.

Votre air me fait frémir... Parlez.

MORTIMER.

M'aimez-vous ?

AMANDA.

D'où vient cette question ? Cruel ! en pourriez-vous douter.

MORTIMER.

Belgrave sort d'ici.

AMANDA , *ingénuement.*

Je l'ignore.

MORTIMER.

Vous ne l'avez pas vu ?.. Il est entré dans cet hôtel.
Quel motif peut l'y amener ? Ce ne peut être Milady Rudoff.
Je sais qu'elle lui avait fait défendre sa porte.

AMANDA.

Cela est vrai ; mais je vous assure que je ne l'ai point vu.
(*Un moment de silence.* Toujours vos injustes soupçons !

MORTIMER.

N'a-t-il pas publié hautement son amour pour vous ?
Puis-je oublier ses assiduités dans les maisons où vous
conduisait Lady Rudoff ? cette amie généreuse ne fut-elle
pas obligée de vous soustraire à ses importunités.

AMANDA.

Souvenez-vous aussi avec quel plaisir je rentrais dans
une solitude où je pouvais librement penser à vous. Je
n'allais dans les sociétés dont vous me parlez que pour plaire
à Lady Rudoff, et parce que je savais que j'aurais la dou-
ceur de vous y rencontrer.

MORTIMER, *à part avec sentiment.*

Non , la fausseté n'a point ce langage. (*Haut.*)Ah! miss ,
vous avez bien des ennemis ! écoutez la lecture de cette
lettre.   (*Il lit.*)

« En vain, vous prétendez à la main d'Amanda ; Bel-
» grave possède son cœur. Vous êtes dupe de leur intelli-
» gence , milord. La petite personne n'a accepté l'azile que
» lui a offert lady Rudoff, que pour être plus à portée de
» voir celui qu'elle vous préfère. »

AMANDA.

Quelle horreur!

MORTIMER.

Eh! bien, Amanda, ma jalousie est-elle justifiée?

AMANDA.

Cette lettre n'est point signée. Avez-vous pu y croire? Amanda, perfide! Elle qui ne vit que pour vous, qui n'attend son bonheur que de vous. Ah! Mortimer! croyez que ce cœur que vous avez rendu sensible, et dont vous avez reçu les aveux, a besoin de toute la force de son amour, pour supporter tant d'outrages.

MORTIMER.

Mais enfin sa présence en ces lieux?

AMANDA.

Je ne l'ai point vu, vous dis-je; il ne doit, il ne peut se présenter devant moi.

MORTIMER.

Eh! bien, je vous crois, Amanda; oui, j'ai trop de plaisir à vous croire.

AMANDA.

Belgrave, votre rival!... Rendez-vous plus de justice, milord, et estimez-moi davantage.

MORTIMER.

Amie généreuse, me pardonnerez-vous? cette lettre avait troublé ma raison. J'aime, je suis jaloux. L'amour ardent dont je brûle pour vous, s'alarme du moindre soupçon, de la plus légère contrariété, et la perte de votre cœur serait pour moi le coup le plus sensible. Je vais réparer mes torts, en vous apprenant que j'ai enfin osé faire à mon père l'aveu de mon amour. Je ne doutais pas de sa tendresse, mais il pouvait désirer m'unir à quelqu'un dont la fortune répondît à la mienne; déjà même il me l'avait fait pressentir; le récit que je lui ai fait de vos charmes et de vos vertus, a touché son âme; il n'a point eu le courage de me refuser; des larmes s'échappaient de ses yeux. Il veut vous parler, m'a-t-il dit, chère Amanda. Je suis bien sûr qu'en vous voyant, il ne pourra désapprouver mon choix.

AMANDA.

Ah! Mortimer! vous fûtes bien cruel; mais l'espoir dont vous me flattez, adoucit en ce moment, tout le mal que vous m'avez fait.

MORTIMER.

Où est lady Rudoff?

AMANDA.

Elle vient de me quitter pour aller chez lady Martha.

MORTIMER.

Je cours auprès d'elle, la prier de se trouver à l'entrevue que vous devez avoir avec lord Cherbury. Cette tendre amie joindra sa voix à la vôtre pour obtenir de mon père un consentement duquel dépend le bonheur de ma vie. Adieu, chère Amanda ; oubliez mes injustes soupçons. Je vous quitte un instant, et reviens bientôt pour ne plus me séparer de vous. *(Il sort.)*

SCENE VIII.

AMANDA., *seule.*

Dois-je enfin croire au sort heureux qui m'est promis. Mortimer, mon époux ! n'est-ce point une illusion ? Amant sensible et généreux, que ne te dois-je pas pour tant de constance et d'amour... Tu m'as aimé dans le malheur, je t'adorai sans espérance : puisse mon amour faire le bonheur de ta vie... Mais ne sera-t-elle point encore empoisonnée par tes soupçons jaloux... Ah! rassure-toi, Amanda saura te prouver que tu occupes seul sa pensée, qu'elle n'aime et ne voudras jamais aimer que toi.

SCENE IX.

CHARLOTTE, AMANDA.

CHARLOTTE, *accourant.*

Mademoiselle, mademoiselle, un homme est là, qui veut absolument vous parler.

AMANDA.

Quel est-il ?

CHARLOTTE,

Je l'ignore. Il n'a jamais voulu dire son nom ; il dit qu'il a des choses intéressantes à vous communiquer ; mais il ne veut point se faire connaître.

AMANDA.

Je ne reçois personne.

CHARLOTTE.

Vous avez raison, miss ; il est enveloppé dans un grand manteau.

AMANDA.

Serait-ce encore quelqu'agent de l'infâme Belgrave ?

CHARLOTTE,

Il n'a cependant pas l'air méchant.

AMANDA.

Ou plutôt ce vieillard qui m'a parlé hier.

SCENE X.

CHARLOTTE, CHERBURY, AMANDA,

CHARLOTTE.

Il s'avance, miss, je vais le renvoyer.

AMANDA.

La frayeur s'empare de moi. (*voyant l'inconnu.*) Non, ce n'est pas lui.

CHARLOTTE, *entrant avec l'inconnu.*

Monsieur, on ne parle point à ma maitresse, sans se faire connaître.

CHERBURY, *à Amanda qui veut fuir.*

Arrêtez, miss, et calmez vos frayeurs.

AMANDA.

Que demandez-vous, monsieur ?

CHERBURY.

Vous, Amanda.

AMANDA.

Qu'avez-vous à me dire, monsieur, pourquoi cet air de mystère.

CHERBURY.

C'est pour n'être point apperçu de Mortimer.

AMANDA.

De Mortimer ! et moi je ne dois point vous entendre.
(*Elle veut se retirer.*)

CHERBURY.

Arrêtez. Amanda ! mes intentions sont pures. J'ai à vous entretenir sur vos intérêts les plus chers.

AMANDA.

Que pouvez-vous avoir à me dire ? cette crainte que vous avez de vous trouver avec lord Mortimer, me défend de vous écouter. Je vous prie, je vous ordonne de vous retirer.

CHERBURY.

Un mot, miss, et je sors de votre présence.

AMANDA.

Dites-moi qui vous êtes, ou je fuis à l'instant.

CHERBURY.

Vous le voulez, eh bien, connaissez lord Cherbury.

AMANDA.

Ciel ! lord Cherbury.

CHERBURY.

Je désire vous parler sans témoin. (*Amanda fait signe à Charlotte de se retirer, et regarde Cherbury avec étonnement.*)

SCENE XI.

CHERBURY, AMANDA.

CHERBURY.

Vous paraissez surprise, miss, et je ne suis point étonné de l'effroi que je vous cause.

AMANDA.

De l'effroi !.. le père de Mortimer a droit à mes respects, et...

CHERBURY.

Ah ! qu'il me serait doux d'obtenir de votre tendresse un sentiment moins froid ! Avec quel plaisir je vous nommerais ma fille !

AMANDA.

Votre fille, dites-vous... Ah ! tant de bonheur...

CHERBURY.

Etait digne de vous ; mais un obstacle...

AMANDA.

Un obstacle !

CHERBURY.

Un secret affreux...

AMANDA.

Parlez, milord.

CHERBURY, *à part.*

Comment lui porter ce coup fatal... (*Haut.*) Infortunée! armez-vous de courage. Hélas! vous n'êtes pas la seule à plaindre, au moins vous jouissez de la paix de l'âme, de votre propre estime, et moi...

AMANDA.

Cessez de me faire souffrir.

CHERBURY.

Ecoutez et plaignez Cherbury. Vous voulez le bonheur e mon fils?

AMANDA.

Si je le veux!...

CHERBURY.

Eh, bien il dépend de vous.

AMANDA.

De moi?

CHERBURY.

De vous seule.

AMANDA.

Parlez, au nom du ciel, expliquez-vous.

CHERBURY.

Il y a peu de jours j'eusse désiré vous unir à Mortimer, et ma tendresse eût ordonné avec joie les apprêts de votre hymen...

AMANDA.

Eh bien?

CHERBURY.

Votre sort était entre mes mains, aujourd'hui...

AMANDA.

Vous me glacez d'effroi!

CHERBURY.

Aujourd'hui le mien est dans les vôtres. Vous pouvez d'un seul mot me rendre au bonheur, ou par un refus me vouer pour jamais à l'opprobre.

AMANDA.

Par pitié, monsieur, daignez éclaircir ce mystère, et croyez que je suis prête à souscrire à tout ce que l'honneur et la délicatesse pourront exiger de moi.

CHERBURY.

Apprenez donc que lord Cherbury, jouissant, dans le monde, d'un rang distingué, d'un nom que relevait encore une brillante fortune, cachait sous un voile impénétrable, à ses amis même, une passion fatale qui dégrade et avilit l'homme; pour laquelle rien n'est sacré; parens, amis, enfans... tout lui est sacrifié. Vous frémissez, Amanda... Vous voyez un grand coupable! Non-seulement le jeu m'a

enlevé toute ma fortune ; mais hier, espérant réparer tant
de pertes, j'ai osé... (*Il se cache la figure dans ses mains.*)
O ciel !.. j'ai osé jouer le bien qui appartenait à ma pupille...
Dans deux mois je dois rendre compte.

AMANDA.

Grand dieu ! mais votre fils ?..

CHERBURY.

Je connais son cœur ; je sais qu'il ne balancerait pas à
donner pour moi tout ce qu'il possède ; mais m'exposerai-je
à rougir à ses yeux ?... Irai-je le forcer à se dépouiller d'un
bien nécessaire pour soutenir l'éclat de son rang, le réduire
à la misère ?

AMANDA.

Ah ! pour la première fois je regrette la fortune.

CHERBURY.

Miss vous pouvez tout réparer.

AMANDA.

Ordonnez, milord.

CHERBURY.

Jurez-moi, sur l'honneur, que quelque demande que je
vous fasse, vous souscrirez...

AMANDA.

Lord Cherbury peut-il exiger de moi un serment, lorsque
j'ignore les conséquences...

CHERBURY.

Ce serment sera conforme aux lois de l'honneur et de la
vertu. Si vous me refusez, il ne me reste plus qu'à mourir
pour me dérober à la honte qui m'attend. Décidez, Amanda,
si je vivrai pour réparer mes fautes, ou si je les comblerai
par un acte de désespoir.

AMANDA.

Que dites-vous ? O pourrais-je balancer, lorsque le père
de Mortimer, de l'homme pour lequel je donnerais ma vie,
me demande un service, qui, sans doute, est en mon pouvoir. Oui, père infortuné, recevez mon serment.

CHERBURY.

Vertueuse Amanda ! apprenez donc qu'un riche parti se
présente pour mon fils, et que le seul moyen qui me reste
d'échapper à l'opprobre...

AMANDA.

Dieux ! qu'entends-je ? Une autre serait l'épouse de Mortimer !

CHERBURY.

Il le faut.

AMANDA.

Malheureuse Amanda !

CHERBURY.

Le sacrifice est grand ; mais c'est un père au désespoir
qui vous presse de lui sauver l'honneur et la vie.

AMANDA, *revenant à elle.*

Je vous entends, milord ; habituée au malheur dès mon enfance, je suis encore aujourd'hui la victime que l'on immole. Je ne puis me permettre la plainte. Vous portez le désespoir dans ce cœur brûlant... Mais l'idée des malheurs dont mon refus serait la cause, me rend tout mon courage. Fidelle au serment que je vous ai fait, je souscris à vos desirs. C'est dans le sein d'un dieu consolateur que j'irai oublier... Oublier ! hélas ! ah ! jamais.

CHERBURY.

Généreuse Amanda ! combien votre résignation me touche, et double les remords qui me déchirent !

AMANDA.

Cependant, milord, malgré la résolution que j'aie prise de me sacrifier pour votre honneur, je dois vous demander qui se chargera d'apprendre à Mortimer...

CHERBURY.

Je ne vois que vous, Amanda.

AMANDA.

Moi !... Qu'opposer à ses empressemens, quand il viendra ; comment lui annoncer cette fatale rupture, sans attirer sur moi les plus injustes soupçons ?

CHERBURY.

Votre position est affreuse, je le sens ; mais mon secret est entre vos mains, Mortimer surtout doit l'ignorer. Je ne vous propose aucuns moyens, je les abandonne à votre délicatesse Après avoir consenti à me sauver, irez-vous, par un retour cruel, détruire ma seule espérance ? Non, vertueuse Amanda, vous achevérez votre ouvrage.... Quelqu'un s'avance vers ces lieux. C'est mon fils ! Je vous laisse et vous abandonne ma destinée. (*Il fuit.*)

SCENE XII.

AMANDA, *seule.*

Ciel ! voici Mortimer ! Que vais-je lui dire ?... O mon Dieu ! donne-moi la force de supporter ce nouveau malheur ! Que n'ai-je pu me dérober à cette cruelle entrevue !

SCENE XIII.

AMANDA, MORTIMER.

MORTIMER.

Je viens d'apprendre l'arrivée de mon père ; je n'ai pu le joindre, et...

AMANDA, *à part.*

Dieux !

MORTIMER.

Mais qu'avez-vous ? vous paraissez troublée ! vous gardez le silence ! parlez, votre état m'inquiète. Des larmes coulent de vos yeux. Qui peut encore vous causer des chagrins ? vous ne répondez pas ?

AMANDA, *se jetant dans ses bras.*

Ah! Mortimer! mon cher Mortimer!

MORTIMER.

Vous m'effrayez, expliquez-vous?

AMANDA.

Nous ne pouvons plus être unis.

MORTIMER.

Qui pourrait s'y opposer?

AMANDA.

Le destin a mis entre nous une barrière éternelle, insurmontable; il faut nous séparer pour jamais.

MORTIMER.

Qui oserait me séparer de vous?

AMANDA.

Moi.

MORTIMER.

Vous!

AMANDA.

Par pitié ne m'interrogez pas. Qu'il vous suffise de savoir
que ce sacrifice est dicté par l'amour et le devoir.

MORTIMER.

Quoi? lorsque vous m'ôtez tout espoir, lorsque votre
bouche prononce l'arrêt de ma mort... je ne puis obtenir de
vous l'aveu du motif qui vous autorise à un changement
aussi subit qu'injurieux pour vous-même.

AMANDA.

Les lois qui me commandent le silence sont bien fortes
puisqu'elles l'emportent sur mon amour. Je ne puis vous en
dire davantage.

MORTIMER.

Prenez garde, miss, ce silence obstiné me jette dans
d'étranges soupçons, et pourrait avoir des interprétations
outrageantes pour vous.

AMANDA.

Ah! voilà ce que je craignais. Terminons cet entretien,
milord; il ne peut vous exciter qu'à des reproches que je
ne mérite point. Quelque étrange que vous paraisse ma conduite, l'instant où vous pouvez me soupçonner, est celui
où je vous donne la plus grande preuve de mon amour. Je
vous le répète, il faut nous séparer, il faut que je vous fuie.
Vous régnerez toujours sur ce cœur qui vous adore... Plai-
gnez-moi, mais ne me méprisez pas. (*Elle sort accablée.*)

SCENE XIV.

MORTIMER, *seul.*

Elle me fuit!.... L'ai-je bien entendu? nous séparer!....
Et c'est au moment où elle allait combler mes vœux, où
mon père, admirant ses vertus, allait la nommer sa fille!...
Infâme Belgrave! ton amour aurait-il prévalu? l'emporte-

rais-tu sur ce cœur qui ne respire que pour elle ?... ou plutôt ton esprit, ingénieusement barbare, aurait-il réussi à frapper son âme de terreur ?... Mais que dis-je ? Amanda est trop vertueuse pour vouloir jamais s'unir à toi. Le devoir, dit-elle, lui prescrit de me fuir !.... Et c'est encore une preuve de son amour !.... Dans quelle obscurité elle me jette !... Je ne sais que résoudre. Ah ! voyons Milady, et tâchons de déchirer le voile dont Amanda veut couvrir ce fatal secret. (*Il sort.*)

Fin du premier Acte.

ACTE II.

Le théâtre représente un appartement dans lequel donne un cabinet ; un bureau à gauche.

SCENE PREMIERE.

MILADY, MORTIMER.

MORTIMER.

Quoi ! elle s'obstine à garder le silence ?

MILADY.

Oui, milord, malgré mes sollicitations, il m'a été impossible de rien tirer d'elle que des pleurs et des soupirs.

MORTIMER.

Mais quel peut donc être ce secret impénétrable ?

MILADY.

Je l'ignore.

MORTIMER.

Mille soupçons se présentent à mon esprit, je ne sais que penser.

MILADY.

Ni moi, je vous l'avoue.

MORTIMER.

Que fait-elle en ce moment ? je veux la voir.

MILADY.

Elle repose. Laissez-là, je vais attendre ici son réveil ; je ferai de nouveaux efforts pour pénétrer la cause d'un changement qui m'étonne autant que vous, et vous ferai part de ce qui se sera passé.

MORTIMER.

Ah ! Milady ! je n'espère qu'en vous. Votre bonté généreuse adoucit l'amertume de ma situation.

MILADY.

Ne m'avez-vous pas dit, Mortimer, que vous espériez obtenir le consentement de votre père ?

MORTIMER.

Je pense qu'il n'est revenu de son château que pour le confirmer lui-même à Amanda.

MILADY.

Eh bien encore une fois, je tenterai d'éclaircir ce mystère.

Allez rejoindre lord Cherbury ; engagez-le à venir, nous nous rendrons tous auprès d'Amanda. Mes soins pressans , vos sollicitations, la présence d'un père, la détermineront, sans doute , à nous faire un aveu. Allez, je vous attends dans mon salon; n'oubliez pas , milord , dans mon salon.

MORTIMER.

Ah! madame , vous portéz dans mon âme un rayon d'espérance. Je cours et reviens près de vous chercher le bonheur.

SCENE II.

MILADY , *seule.*

Le moment de la vengeance est enfin arrivé ; Belgrave est instruit de son rôle. Lord Cherbury a besoin de ma fortune ; son intérêt lui commande de servir mes projets et de forcer l'orgueilleux Mortimer à devenir mon époux. Amanda veut fuir. — Oui, femme que je déteste, tu fuiras, mais l'opprobre, l'ignominie suivront tes pas, et le mépris que tu inspireras à ton amant me vengera éternellement du triomphe que tes charmes et tes vertus t'ont fait remporter sur moi. (*Elle va ve s la porte et l'entrouvre.*) Mais elle vient ici. Evitons, s'il se peut, tout entretien avec elle... Charlotte la précède ; il faut l'éloigner.

SCENE III.

CHARLOTTE, MILADY.

MILADY.

C'est vous , Charlotte ; que fait Amanda ?

CHARLOTTE.

Elle pleure, elle soupire.

MILADY.

Vous la quittez.

CHARLOTTE.

Elle me suit ; je vais lui chercher de l'encre et du papier qu'elle m'a prié de lui apporter dans cet appartement.

MILADY.

Allez, vous trouverez dans mon cabinet tout ce qui lui est nécessaire.

CHARLOTTE.

Oui, madame. (*Elle sort.*)

SCENE IV.

MILADY, *seule.*

Elle vient.... elle-même seconde mes projets. Voici l'instant de porter les derniers coups. (*Elle sort.*)

SCENE V.

AMANDA, *seule.*

Il est donc des êtres condamnés au malheur, qui naissent pour souffrir, et sur lesquels la main de la fatalité s'appésantit sans relâche. Je n'ai fait de mal à personne, et tout se réunit pour m'accabler ! Lord Cherbury m'immole, me sacrifie pour réparer ses fautes, et Mortimer, par d'odieux soupçons insulte à la victime de son père. Fuyons, puisqu'il ne m'est plus possible d'espérer le bonheur. Mais avant de quitter ces lieux, je veux écrire, je veux laisser entre les mains de Mortimer un monument de mon amour et de mon désespoir.

SCENE VI.
CHARLOTTE, AMANDA.

CHARLOTTE.

Miss, voici ce que vous m'avez demandé.

AMANDA.

Je te remercie.

CHARLOTTE.

Vous avez des chagrins, miss.

AMANDA.

Hélas! oui, et de bien grands!

CHARLOTTE.

Ne puis-je les partager!

AMANDA.

Non, mon amie; je dois souffrir, et pour comble de malheur, je ne puis répandre mes larmes dans le sein de l'amitié. Va, Charlotte, laisse-moi quelques momens en proie à ma douleur; va, j'ai besoin d'être seule.

CHARLOTTE.

J'obéis, et vais rejoindre milady. (*Elle sort.*)

SCENE VII.
AMANDA, *puis* BELGRAVE.

AMANDA, *se mettant à écrire.*

Je ne sais par où commencer... Ah! Mortimer! Mortimer!

BELGRAVE, *entrant, à part.*

Elle est seule, le moment est favorable. (*Il met le verroux.*) Elle écrit, approchons.

AMANDA, *se retourne, apperçoit Belgrave et se lève avec précipitation.*

Ciel! Belgrave en ces lieux!

BELGRAVE.

Rassurez-vous. Amanda, ma présence a lieu de vous surprendre. Vous me haïssez, je le sais; mais je ne l'ai point mérité. Ne craignez aucune insulte de ma part; l'amour dont je brûle pour vous doit vous être un sûr garant de la pureté de mes intentions.

AMANDA.

Elles ne peuvent-être que perfides, et je dois, par une prompte fuite me soustraire aux regards d'un homme qui se joue des vertus et dont la bouche impure distile le poison de la calomnie sur les victimes de sa scélératesse. (*Elle veut sortir.*)

BELGRAVE.

C'est en vain que vous voulez fuir; mes précautions sont

prises. Croyez que je n'ai pas hazardé cette démarche, sans m'assurer que personne ne puisse troubler un entretien nécessaire à votre repos et à ma justification.

AMANDA.

Non, je ne veux rien entendre de vous. Si votre cœur a senti le remord, prouvez-le, en vous retirant à l'instant, et si vous êtes jaloux de regagner mon estime, c'est en présence de Milady que vous devez vous justifier.

BELGRAVE.

Ce moment peut vous perdre ou vous sauver. Oui, je vous aime Amanda ; mais j'oublie, en ce moment, mon amour et moi-même, pour ne songer qu'à vous. Ecoutez ; Milady que vous croyez votre amie, cette Milady dont la maison vous paraît un azile sûr contre mes attaques, a juré votre perte ; lady Rudoff ne voit en vous qu'une rivale aimée ; son cœur nourrit l'amour le plus violent pour Mortimer et tous les feux de la vengeance contre celle qu'il lui préfère. Mortimer, qui aujourd'hui est épris de vos charmes, ne cherche qu'une victime de plus. Depuis long-temps les nœuds de l'hymen l'unissent à une jeune fille qu'il a enlevée à ses parens, et qu'il a depuis abandonnée dans un village du Devonshire. Craignez, belle Amanda, craignez un sort pareil, vous frémissez !... maintenant que je vous ai fait voir l'abîme des malheurs entr'ouvert sous vos pas, réfléchissez... choisissez une retraite... un couvent même, j'y conduirai vos pas ; et, si un jour la haîne fait place à la reconnaissance, alors seulement Belgrave vous rappellera son amour, sa constance ; trop heureux s'il peut obtenir le cœur et la main de celle pour qui il sacrifierait sa vie.

AMANDA.

J'ai eu le courage de vous entendre, Belgrave. Vous cherchez à porter à mon cœur deux coups bien funestes ; mais deux choses me rassurent, les bienfaits de Milady et votre haîne pour Mortimer. (*On frappe à la porte.*) Ciel ! on frappe !

BELGRAVE, *à part.*

Ma vengeance s'apprête !

AMANDA.

Quoi ! monsieur, vous avez mis le verroux !

MILADY, *à part.*

Ouvrez, Amanda.

AMANDA.

Grand dieu ! je suis perdue !

BELGRAVE.

Je vais ouvrir.

AMANDA.

Arrêtez, n'ouvrez pas. Si je suis surprise avec vous, je suis déshonorée. Les odieux soupçons qui planent sur moi seront confirmés. Je vous en supplie, ayez pitié d'Amanda.

BELGRAVE.

Ordonnez, que faut-il faire?

AMANDA.

Je ne sais, ma tête se perd.

MILADY, *en dehors.*

Ouvrez, c'est Milady.

MORTIMER, *en dehors.*

C'est Mortimer.

AMANDA.

Dieux! Mortimer!

BELGRAVE.

Il n'est qu'un moyen.

AMANDA.

Lequel?

BELGRAVE.

Ce cabinet...

AMANDA.

Ah! courez promptement.

BELGRAVE.

Je vous obéis. (*Il entre dans le cabinet.*)

SCENE VIII.

AMANDA, *seule.*

Quel désordre dans mes sens! Que vais-je dire! (*Elle ouvre.*)

SCENE IX.

CHARLOTTE, AMANDA, MILADY, MORTIMER, CHERBURY.

MILADY.

Enfermée avec tant de soin! A quelle occupation étiez-vous donc livrée? comme vous êtes pâle, défaite! Amanda! ma chère Amanda, qu'avez-vous, expliquez-vous?

MORTIMER.

La présence de mon père doit rassurer...

AMANDA, *se laissant tomber dans un fauteuil.*

Ciel! lord Cherbury!

CHERBURY, *allant à elle.*

Belle Amanda, calmez votre douleur.

MILADY.

Son état devient plus alarmant... Amanda! ma chère Amanda!

CHERBURY, *à part.*

Mon cœur est déchiré, c'est moi qui suis la cause de ses tourmens.

MILADY.

Il faut aller chercher du secours. (*Amanda fait signe de n'appeler personne.*)

MORTIMER.

Que veut-elle dire?

MILADY.

Ah! je me rappelle! Mortimer! entrez dans ce cabinet, vous trouverez un flacon.

AMANDA, *fait des efforts violens pour se lever, et dit d'une voix étouffée.*

Non, non, n'y allez pas. (*Elle se lève et voit Mortimer ouvrant la porte. Elle retombe.*)

MORTIMER.

Que vois-je? Belgrave?

MILADY.

Serait-il possible?

SCENE X.

CHARLOTTE, AMANDA, MILADY, CHERBURY, BELGRAVE, MORTIMER.

(Ici Mortimer se tourne du côté d'Amanda, évanouie entre les bras de Charlotte. Milady joue l'étonnement, Belgrave affecte une contenance embarrassée et lance à la dérobée un regard sur Milady qui lui exprime sa joie. Milady continue.

MILADY.

De quel droit, colonel, êtes-vous ici et pendant mon absence?

BELGRAVE.

Je ne puis m'excuser envers vous, madame; je sens combien ce moment dépose contre moi, et le seul parti qui me reste à prendre, c'est de me dérober à vos yeux.

MORTIMER.

Je n'aurai point recours à des reproches inutiles. Je suis outragé; Belgrave, je vous suis.

CHÉRBURY.

Arrêtez, mon fils, je vous l'ordonne.

MILADY, *à Belgrave.*

Sortez, colonel, d'une maison que vous n'avez pas su respecter.

BELGRAVE.

Je sors à l'instant, Milady (*S'adressant à Mortimer.*) Mortimer, je ne vous engage point à enfreindre les ordres de milord. A d'autres momens toute explication. Quand à Amanda, digne de mon amour et de mon estime, son existence n'aura bientôt plus à souffrir de l'humiliation de secours étrangers... adieu. (*Il veut sortir.*)

AMANDA, *revenant à elle, se jette aux genoux de Belgrave.*

O comble de perfidie! homme cruel et barbare! que vous ai-je fait? S'il vous reste quelques sentimens d'honneur, si votre âme connaît encore la pitié, voyez les maux que souffre votre victime. Vous connaissez son innocence, Belgrave! au nom du ciel, dites une fois la vérité!

BELGRAVE.

Rassurez-vous, Amanda; j'espère qu'avant peu, nul être ici n'aura le droit de vous accuser. (*Il sort.*)

SCENE XI.

Les Mêmes, excepté BELGRAVE.

MORTIMER.

Perfide!... voilà donc le prix de tant d'amour?

AMANDA.

Ciel! vous pouvez croire...

MORTIMER.

Est-ce en ces lieux que vous trouverez des défenseurs, lorsque nous sommes témoins... (*à Cherbury.*) Ah! mon père! ne m'abandonnez pas, sauvez-moi de mon désespoir, soyez mon appui... arrachez de ce cœur trop faible un sentiment qui nous déshonore, fuyons de ces lieux...

MILADY.

Suivez-le, milord, ne le quittez pas. (*Cherbury sort avec son fils.*)

SCENE XII.

AMANDA, CHARLOTTE, MILADY.

MILADY, *à part.*

Je triomphe!

CHARLOTTE, *à Milady.*

Ah! madame, ayez pitié de son état, n'abandonnez pas ma maitresse; elle est innocente. Amanda n'a jamais aimé que Mortimer. Le colonel est un scélérat. Respectable milady, joignez-vous à la pauvre Charlotte. (*Courant vers Amanda.*) Ah! malheureuse Amanda!

AMANDA, *revenant à elle.*

Où suis-je? Mortimer! Il est parti... le cruel... (*à Milady.*) Je n'ai plus de ressource qu'en vous, milady. Vous seule me restez, et tout espoir de bonheur n'est pas encore évanoui.

MILADY.

Je vous reste, il est vrai, et mes bienfaits...

AMANDA.

Ah! madame.

MILADY.

Vous suivront dans la retraite que vous choisirez.

AMANDA.

Dans la retraite que je choisirai...

MILADY.

Je vous épargne les reproches; mon ancienne amitié plaide encore pour vous; mais votre conduite, qui a déshonoré cette maison, ne me permet plus de vous être utile, que sous le voile du secret.

AMANDA.

Et vous aussi, madame; quoi! vous pouvez céder à cet artifice odieux, vous qui connaissez mon amour pour Mortimer et les vaines poursuites de Belgrave? Les droits de l'hospitalité qui me mettaient sous votre protection, n'ont été violés que par quelque trahison dont mon cœur ingénu ne peut deviner la source. Ordonnez que l'on recherche sur-le-champ ceux qui ont pu favoriser ce complot affreux. Vous ne pouvez refuser d'éclaircir cet odieux mystère ; le repos de ma vie en dépend, et l'honneur vous le commande.

MILADY.

C'est en vain que vous voulez m'en imposer ; vous savez mes intentions ; choisissez un couvent, et dès ce soir quittez une maison que vous n'étiez pas digne d'habiter. (*Elle sort.*)

SCENE XIII.

CHARLOTTE, AMANDA.

AMANDA.

Suis-je assez humiliée ! Jusqu'à cet instant fatal, j'ai supporté toutes mes peines avec courage, le renversement de ma fortune, les maux de l'indigence, les tourmens de l'amour, les injustices de mes ennemis ; mais le coup que le mépris de Milady vient de me porter est le plus cruel de tous... Charlotte, tu le vois, on me chasse ; il faut nous séparer.

CHARLOTTE.

Nous séparer ? Ah ! que vous connaissez peu le cœur de celle que vous avez honorée du nom de votre amie ! Je sais, moi, que vous êtes innocente. Tout le monde vous abandonne, moi seule je vous reste. Eh bien, je ne veux plus vous quitter.

AMANDA.

Que dis-tu, Charlotte ? Non, je ne souffrirai pas que tu partages mon malheur. Sans ressource, que veux-tu devenir avec moi ?

CHARLOTTE.

Les changemens heureux survenus dans notre fortune, doivent vous rassurer. Le ciel, en me rendant des biens, m'ordonne d'en faire un juste emploi... Ah ! c'est aux cœurs qui ont connu l'indigence, qu'est réservé le doux plaisir de soulager celle des autres. Oui, mademoiselle, quittez ces lieux, venez avec moi... Mais vous hésitez ! La fierté de votre âme rejette l'offre que je vous fais. Bannissez une délicatesse mal entendue, et connaissez mieux les droits de l'amitié ; vous en avez usé pour me combler de vos bienfaits, souffrez donc que j'en use aussi pour acquitter les dettes sacrées de la reconnaissance. Ma bonne maîtresse, ma chère maîtresse ! (*Elle se met aux genoux d'Amanda.*) Je me jette à vos pieds, je vous supplie, venez avec moi dans le sein d'une famille honnête, qui connaît le prix de la vertu ; venez sous son humble toit chercher la paix et le repos, qui vous fuient depuis si long-temps.

AMANDA, *l'embrassant.*

Eh bien, oui, Charlotte, j'accepte tes offres généreuses.

CHARLOTTE, *en se relevant.*

Ah! vous me comblez de joie; rien n'égale mon bonheur. Partons, nous coucherons ce soir au château de Dunréath, qui n'est qu'à deux milles d'ici ; demain matin avec ma tante, nous continuerons notre route, et nous irons embrasser la plus tendre des mères.

AMANDA.

Au château de Dunréath! y pense-tu? c'est celui de la marquise.

CHARLOTTE.

Ou plutôt le vôtre. Le respect que j'avais pour elle m'avait fait regarder comme injurieux certains bruits répandus sur la manière dont elle s'en était rendue propriétaire. Maintenant son caractère astucieux m'est connu ; je ne doute pas qu'ils ne soient fondés ; mais je m'apperçois que je réveille de douloureux souvenirs. Venez, venez, vous n'avez rien à craindre. Milady n'y va jamais, et puis nous n'y resterons qu'un jour.

AMANDA.

Tu le veux, j'y consens, partons.

CHARLOTTE.

Que désirez-vous emporter ?

AMANDA.

Rien ; j'abandonne tout ; je ne veux garder que ce portrait ; il sera toujours cher à mon cœur, malgré les injustices de Mortimer. (*Elle le cache dans son sein.*)

CHARLOTTE.

Sortons vite ; j'entends, je crois, cette méchante femme. (*Elles vont pour sortir, Milady entre.*)

SCENE XIV.
MILADY, CHARLOTTE, AMANDA.

MILADY.

Eh bien, Amanda, êtes-vous décidée ?

AMANDA.

Oui, madame, et dès ce moment je quitte une maison qui n'était pas faite pour moi.

MILADY.

Où comptez-vous aller ?

AMANDA.

Lorsque tout m'abandonne, personne n'a le droit de connaître mes démarches. Je suis mes persécuteurs, et vous conviendrez au moins qu'il serait dangereux pour moi qu'ils connussent le lieu de ma retraite.

MILADY.

Quelle fierté.

AMANDA.

C'est celle qui convient à l'innocence.

MILADY, *avec ironie.*

A l'innocence!

CHARLOTTE.

Oui, madame, et vous le savez mieux que personne.

MILADY.

Insolente !

CHARLOTTE.

Vénez miss ; si vous êtes abandonnée de tout le monde, Charlotte vous reste et vous jure de ne plus se séparer de vous.

MILADY, *à Charlotte.*

Demeurez, je vous l'ordonne.

CHARLOTTE.

Dès ce moment je ne vous appartiens plus. Je suis le mouvement de mon cœur ; il m'ordonne de m'attacher au sort de la pauvre Amanda, et de fuir une maison où la vertu est persécutée. Venez, venez, miss. (*Elles sortent.*)

SCENE XV.
MILADY, *seule.*

Quelle arrogance ! sa fuite sert mes projets. Une retraite aussi prompte semblera confirmer son intelligence avec Belgrave. Mortimer en ce moment, retenu par son père, n'aura aucune connaissance de son éloignement, et me laissera le temps de mettre à exécution le projet que j'ai conçu. Le dépit peut tout faire en cette circonstance, mon amour triomphera et je serai vengée. Mais voici Belgrave, dissimulons.

SCENE XVI.
MILADY, BELGRAVE.

BELGRAVE.

Eh bien, Milady, êtes-vous contente de moi ?

MILADY.

On ne peut davantage. A quel haut degré vous possédez l'art de la dissimulation ! Que vous êtes adroitement perfide ?

BELGRAVE, *la désignant.*

J'avais mon maître sous les yeux.

MILADY, *souriant amèrement.*

Oui.

BELGRAVE.

Mais c'est assez nous prodiguer des louanges. Que devient Amanda ?

MILADY.

Elle part.

BELGRAVE.

Où porte-t-elle ses pas ?

MILADY.

Je l'ignore ; c'est à vous de veiller sur elle.

BELGRAVE.

Comptez sur moi, elle ne peut m'échapper. Maintenant Milady, souffrez que je vous entretienne un moment de moi, de mon amour et de cet hymen que vous ne pouvez plus différer...

MILADY.

Oui, Belgrave, à mon retour de Dunréath...

BELGRAVE.

Comment... vous y allez ?

MILADY.

Mes ordres sont donnés, je pars à l'instant. Plusieurs raisons m'obligent à faire ce voyage. D'abord j'ai à pourvoir au remplacement de la concierge de mon château, et un autre motif plus important, c'est qu'il est nécessaire que Mortimer ne reste point en ces lieux. Vous connaissez sa faiblesse, il pourrait revoir Amanda. En conséquence je l'emmène à Dunréath avec son père.

BELGRAVE.

Il part avec vous ?

MILADY.

Oui, j'ai su l'y décider, sous le prétexte qu'il a besoin de quelques distractions.

BELGRAVE.

Cela est fort adroit de votre part.

MILADY.

Vous, colonel, vous resterez ici,

BELGRAVE.

Je vous devine.

MILADY.

Ayez soin de bien observer Amanda ; suivez attentivement ses démarches, et assurez-vous sur-tout du lieu de sa retraite.

BELGRAVE.

Mon cœur aurait droit de se plaindre de ce nouveau retard ; mais jaloux de vous plaire, je suivrai vos ordres, et soyez persuadée, belle Milady, que je porterai par-tout un œil vigilant, auquel rien n'échappera

MILADY.

Adieu, mon cher Belgrave.

BELGRAVE.

Adieu, Milady.

SCENE XVII.
BELGRAVE, *seul.*

Oui, je veillerai ; mais c'est sur toi. Ce départ précipité avec lord Cherbury et son fils, l'ordre qu'elle me donne de rester à Bristol, le retard de notre hymen, tout me la rend suspecte... N'aurais-je servi que son amour pour Mortimer ? Ne serais-je que l'instrument de leur réconciliation ?.. Le trait serait digne d'elle ; mais elle ne m'aura pas trompé impunément ; et je lui prouverai que le colonel Belgrave ne le cède en rien à lady Rudoff. Suivons ses pas. Tremble, perfide ! si je suis trompé dans mon attente, ma vengeance est prête, et je saurai faire tourner contre toi les piéges que tu auras voulu me tendre.

Fin du second Acte.

ACTE III.

Le théâtre représente un jardin anglais ; sur le devant , à droite un banc de gazon adossé contre une touffe d'arbrisseaux. Sur le devant, à gauche , les ruines d'une chapelle. Dans le fond , un petit pont de bois. Du côté gauche est un autre banc de gazon.

SCENE PREMIERE.

Au lever du rideau , on voit des Paysans qui s'occupent à parer de fleurs et de guirlandes le banc qui est près de la chapelle. Joan apporte des corbeilles de fleurs , et se laisse tomber en arrivant. Il veut ensuite aider les paysans et dérange tout.

THOMY, JOAN , Paysans et paysannes.

THOMY.

Veux-tu bien laisser arranger çà , maladroit.

JOAN.

Tiens, maladroit ; mais regardez donc , papa , je sais ben ce que j'fais.

THOMY.

Oui, de belles choses , tu brouilles tout.

JOAN.

Ah ! je brouille tout... Par exemple, vous ne devriez pas me rendre ridicule comme çà , je ne suis plus un enfant, puisque je viens de me marier. Je brouille tout. Eh ! laissez donc ! n'est-ce pas pour ma femme que vous arrangez tout çà ? Faut ben que je m'en mêle aussi, pour ma femme.

THOMY.

Et où l'as-tu laissée, ta femme ?

JOAN.

Elle est avec sa mère.

THOMY.

Pourquoi l'as-tu quittée ?

JOAN.

Sa mère m'a fait signe ; elle a quelque chose à lui dire. Vous savez ben, un jour de nôce une maman a toujours quelque chose à dire à sa fille , et puis j'étais ben aise de venir vous aider.

THOMY.

Oui, tu viens quand tout est fait.

UN PAYSAN.

Sais-tu qu'elle est ben gentille, ta femme !

JOAN.

La belle question ; mais si elle n'était pas gentille , elle serait... laide , et je ne l'aurais pas épousée.

THOMY.

Je te conseille de faire le difficile... Va, si celle-là n'eût pas voulu de toi, tu serais resté garçon toute ta vie.

JOAN.

Laissez donc ! vous vous êtes mis dans la tête que je n'é-
tais pas aimable. C'est étonnant çà ; toutes les jeunes filles
disent le contraire. (*Aux paysannes.*) N'est-il pas vrai qu'il
n'y en a pas une de vous qui ne voulut être à la place de
ma petite Beck.

LES PAYSANNES.

Non, non, non.

THOMY.

Eh bien ! tu les entends ?

JOAN.

Ne les croyez pas quand elles disent : non, cela veut dire
oui.

THOMY.

Allons, finis... L'heure avance, et rien ne sera prêt.

JOAN.

Qu'est-ce qu'il y a donc encore à faire ?

THOMY.

Milady Rudoff n'est-elle pas ici ?

JOAN.

C'est vrai ; je l'avons rencontrée en revenant de l'église.

THOMY.

Faudra-t-il pas l'inviter à venir à la fête, et où se met-
tra-t-elle ?

JOAN, *montrant le banc de droite.*

Eh bien, là, sur ce banc.

THOMY.

Comment ?

JOAN.

Ah ! dam', écoutez donc, on fête les gens comme on les
aime.

THOMY.

C'est pas l'embarras, nous ne l'aimons guère ni les uns,
ni les autres. Mais elle est la maitresse de ces lieux, et
quoique nous n'ayons pas beaucoup à nous louer de ses
bienfaits, il faut cependant être honnête envers elle. D'ail-
leurs, t'es son jardinier.

JOAN.

Jardinier tant qu'il vous plaira. Est-ce que je la connais,
moi ? Elle vient ici tous les cinq ou six ans, et toutes les fois
qu'elle y paraît, j'avons toujours à nous plaindre d'elle. Ah !
parlez-moi de ce jeune milord qui vint avec elle la dernière
fois. Oh ! pour celui-là, à la bonne heure ! Vous souvient-il
comme il nous fit boire, comme il nous fit danser ? C'était là
une fête ! Comment donc qu'il s'appellait ?

THOMY.

Lord Mortimer. Eh bien, il est encore avec elle.

JOAN.

Vrai !

THOMY.

Oui, et puis un autre milord.

JOAN.

Eh ben ! faut inviter ces deux milords à venir à la fête avec milady, je les ferons placer là, sur ce banc, que nous allons arranger avec des guirlandes, et puis nous ferons notre fête.

THOMY.

Eh ben, qu'est-ce que ça veut dire ?

JOAN.

Comment vous ne comprenez pas ? Ce milord Mortimer y sera ; il y aura au moins quelqu'un que nous aimons. C'est t'y là une bonne idée.

THOMY.

Et le chapelain qui t'a marié, as-tu pensé à l'inviter ?

JOAN.

M. Boston ? Pardine ! j'y aurais manqué peut-être ! un si honnête, un si brave homme ! Il ne viendra pas. Il m'a dit qu'il était obligé de partir pour Bristol ; mais il m'a promis qu'il serait au lendemain. Y aura un lendemain ; n'est-ce pas ?

THOMY.

Sans doute. (*Aux paysans.*) Allons, mes amis ! des guirlandes. Il faut encore arranger ce banc pour Milady.

(*Les paysans arrange les guirlandes.*)

JOAN.

A propos de çà, papa, madame Glène, la concierge du château, ne viendra donc pas à ma nôce ?

THOMY.

Non, je te dis, elle a du chagrin : sa nièce, qu'elle avait mise chez Milady auprès de mademoiselle Amanda, est partie avec elle.

JOAN.

Tien ! où qu'elles sont donc allées comme çà ?

THOMY.

Ma foi, je n'en sais rien, mais c'est pâs étonnant, on ne peut demeurer long-temps avec milady.

JOAN.

Mais il me semble que c'te pauvre Charlotte Glène disait comme ça qu'elle ne resterait plus concierge.

THOMY.

Non, sa sœur a fait fortune.

JOAN.

Ah ! oui, un procès, n'est-ce pas ? C'est drôle que ça vous enrichisse un procès.

THOMY.

Mais c'est qu'elle l'a gagné.

LE PAYSAN.

Allons, Joan, v'là qu'est prêt ; faut aller rejoindre ta femme.

JOAN.

C’est vrai... eh bien je n’y pensais plus. Tiens, ce que c’est que le mariage, quand on n’y est pas habitué! Allons courons la rejoindre, et puis nous reviendrons ici quand nous aurons prévenu tout le monde. (*Regardant à travers des arbres.*) Qu’est-ce que c’est donc que cet homme là, papa, qui s’avance à travers les arbres ? Il a l’air de se cacher.

THOMY.

Eh bien, c’est sûrement quelqu’un qu’est arrivé avec milady.

JOAN.

Ah ! oui, allons, partons ; allons chercher ma femme ; j’ouvre la marche.   (*Il sort avec tous les paysans.*)

SCENE II.

BELGRAVE, *il regarde de tous côtés dans la crainte d’être surpris.*

Quel mouvement dans ce château !.. tout ici semble disposé pour une fête. Milady Rudoff n’oublie rien pour apporter des distractions à la douleur de Mortimer. Perfide ! je t’ai deviné, et quand tu me crois à la poursuite d’Amanda, je suis près de toi, je veille sur tes démarches, et tu ne peux me tromper. Je connaissais bien la dépravation de ton cœur, les ressources de ton esprit pour l’intrigue ; mais je n’aurais jamais soupçonné que tu osasses te servir de Belgrave pour accomplir tes projets. Tenons-nous sur nos gardes, ne hasardons rien. Avec une telle femme, il ne faut porter que des coups sûrs. Mais je la vois ; elle vient de ce côté. Quel est ce vieillard qui l’accompagne ? dérobons-nous à sa vue et observons tout.   (*Il sort.*)

SCENE III.

BOSTON, MILADY.

MILADY.

Je vous ai fait prier, M. Boston, de m’accompagner en cet endroit ; j’ai besoin d’avoir avec vous un moment d’entretien.

BOSTON.

Parlez, milady, je suis à vos ordres.

MILADY.

Mon arrivée en ces lieux a dû vous surprendre, M. Boston?

BOSTON.

Elle a été si subite, qu’elle n’a pas permis aux habitans d’aller au devant de milady.

MILADY.

Cela est bien pardonnable : depuis long-temps je n’ai pu jouir du plaisir d’habiter ces lieux ; j’ai même un peu négligé ces bons habitans ; mais je me propose de les dédommager par des visites plus fréquentes.

BOSTON.

Ils le méritent , Milady ; le respect qu'ils portaient à milord votre père , la vénération qu'ils ont pour sa mémoire...

MILADY.

Ce fut vous , M. Boston , qui assitâtes aux derniers momens
de ce père respectacle.

BOSTON.

Oui , milady.

MILADY.

Vous eûtes avec lui un entretien particulier ?

BOSTON.

Oui , milady.

MILADY.

Et quel fut le sujet...

BOSTON.

Milord Dunréath exigea de moi le secret pour toute autre
personne que celle qui en fut l'objet.

MILADY.

Je respecterai les dernières volontés de mon beau-père ,
en ne vous questionnant pas davantage sur cet article. Il y a
deux jours , n'étiez-vous pas à Bristol , M. Boston ?

BOSTON.

Oui , milady.

MILADY.

Je ne me suis donc pas trompée. Une jeune parente que
j'avais recueillie chez moi fut rencontrée dernièrement par
un vieillard vénérable , et au portrait qu'elle m'en fit , j'ai
cru vous reconnaître , c'était vous.

BOSTON.

Il est vrai , milady.

MILADY.

Amanda me dit que vous l'aviez questionnée avec beaucoup
d'intérêt.

BOSTON.

Le bruit de ses vertus aurait suffi pour m'intéresser , si un
motif plus puissant ne m'eût conduit près d'elle.

MILADY.

Que je vous plains , M. Boston , l'apparence des vertus
vous séduit !

BOSTON.

Comment , milady ?

MILADY.

Cette Amanda , que vous croyez si digne de votre vénération , n'a pas craint de déshonorer l'azile qu'elle avait trouvé
dans ma maison ; je l'en ai chassée.

BOSTON.

Vous l'avez chassée !.. Quel peut-être son crime ?

MILADY.

Une liaison scandaleuse...

Amanda.   5

BOSTON.

Mais êtes-vous bien sûre... Souvent les apparences...

MILADY.

Les apparences ne sont rien pour moi ; il me faut des preuves incontestables, et j'en ai acquis.

BOSTON, *à part.*

Ceci cache un mystère. Ah ! malheureuse ! (*Haut.*) Où la trouver maintenant ? Madame , au nom du ciel , enseignez-moi en quels lieux elle peut-être. Je veux lui parler , il faut que je la voie.

MILADY.

Quelle chaleur , M. Boston ?

BOSTON.

Pardon , milady , j'ai peut être tort de m'intéresser à une personne indigne de votre protection ; mais malgré moi le doute entre dans mon esprit ; il faut absolument que je lui parle.

MILADY.

Eh bien , demeurez en ces lieux. Malgré la conduite d'Amanda, je prétends encore veiller sur elle ; j'ai chargé un de mes amis de suivre ses traces , et de m'informer de toutes ses démarches ; j'en attends des nouvelles incessamment.

BOSTON.

Eh bien , milady , je resterai ; mais si dans deux jours nous n'avons aucunes nouvelles de son sort, je pars pour Bristol, et je ferai moi-même les perquisitions nécessaires pour la retrouver.

MILADY.

Comme il vous plaira , M. Boston. (*Boston va pour sortir.*) Vous allez du côté de la ferme , obligez-moi de dire à milord Cherbury que je desire lui parler ici.

BOSTON.

Je vais exécuter vos ordres. (*Il salut milady et sort.*)

SCENE IV.

MILADY , BELGRAVE , *caché.*

MILADY.

Dans quel trouble m'a jetté cet homme ! Que peut-il avoir à communiquer à cette Amanda ! elle est née pour faire le tourment de ma vie !.. mes soupçons se confirment... Hâtons-nous de conclure mon hymen avec Mortimer et je saurai me débarrasser d'une rivale dont l'existence est un obstacle à mon bonheur et peut compromettre ma fortune ; mais voici lord Cherbury.

SCENE V.

MILADY , CHERBURY , BELGRAVE , *caché.*

BELGRAVE , *à part.*

Le moment est favorable , tâchons de ne rien perdre de leur conversation.

CHERBURY.

Vous m'avez fait demander, Milady ?

MILADY.

Oui, milord , que fait votre fils ?

CHERBURY.

Il est entouré de vos vassaux. Ils paraissent l'aimer beaucoup , se rappellent les bienfaits dont il les a comblés, lors
de son voyage avec vous il y a cinq ans , et leur joie semble
dissiper en cet instant le chagrin dont il est accablé.

MILADY.

Tant mieux. Le mariage de ces bonnes gens et la fête qu'ils
préparent nous servent à merveille ; mais parlons de ce qui
nous intéresse ; retirons-nous sous ce bosquet, afin de n'être
entendus ni apperçus de personne.

(Ils vont sous le bosquet.)

DELGRAVE.

Écoutons.

MILADY.

Eh bien , milord , la conduite d'Amanda ne doit plus vous
laisser aucun doute sur la dépravation et la perfidie de son
cœur.

CHERBURY.

Je ne puis, il est vrai, rien opposer à ce que j'ai vu ; sa fuite
même... Cependant un secret sentiment plaide encore en sa
faveur.

MILADY.

Je ne chercherai point, en ce moment, à combattre votre
étrange incrédulité, je ne veux m'occuper que de vous ;
votre malheur vous prescrit de hâter l'instant qui doit unir
nos deux familles. Ne laissons point à Mortimer le temps de
la réflexion. Des circonstances que j'étais loin de prévoir
viennent de rendre à son cœur sa première liberté, et au
mien l'espérance qu'il avait perdue. Je suis toujours dans les
mêmes sentimens à votre égard, et si vous n'avez point changé
de résolution , nous pouvons aujourd'hui même décider cette
union.

BELGRAVE, caché.

Ah! ah!

CHERBURY.

Vous savez que je l'ai toujours désiré.

MILADY.

Eh bien, milord , profitez de son abattement et de la
honte dans laquelle il est tombé par sa faute ; employez l'au-
torité paternelle , je me charge ensuite de son bonheur et du
vôtre. Vous connaissez les biens immenses dont je suis en
possession, par le testament du duc de Dunréath. J'ai à ma
disposition une somme de vingt-mille livres sterling.

BELGRAVE, caché.

Elle les promet à tout le monde.

MILADY.

Plus, une obligation de cent mille livres, souscrite par
Belgrave; tous ces biens, je les donne à Mortimer, après
avoir acquitté vos dettes. Milord, servez mes projets, et ma
reconnaissance égalera mon amour.

CHERBURY.

Comment pourrais-je refuser des offres si généreuses,
lorsque vous sauvez ma réputation, ma fortune... lorsqu'il
ne me reste que ce moyen d'échapper à l'opprobre, et de
soustraire mon fils à la honte et à la misère. Tout me fait
donc la loi de souscrire à vos vœux! J'ose cependant y
mettre une condition.

MILADY.

Parlez, milord; je n'ai rien à refuser à celui que je vais
bientôt nommer mon père.

CHERBURY.

Malgré les torts apparens d'Amanda, je ne puis m'empê-
cher de m'intéresser à elle.

MILADY.

Que dites-vous, milord?

CHERBURY.

Tout porte à croire qu'elle est coupable; mais vous connaissez Belgrave, vous savez quels artifices cet homme vicieux
peut employer. Ne serait-il point possible qu'Amanda, victime de ce misérable...

MILADY.

Chercheriez-vous à l'excuser, milord?

CHERBURY.

Je ne m'en défends pas. Si vous eussiez vu couler ses
larmes au moment où j'ai exigé d'elle une entière renoncia-
tion à la main de Mortimer! si vous eussiez été témoin de
sa douleur, lorsqu'elle m'a promis ce sacrifice...

MILADY.

Il lui a peu coûté.

CHERBURY.

Non, milady, à cet âge on ne peut porter aussi loin la
dissimulation.

MILADY.

Quoi! vous n'êtes point convaincu.

CHERBURY.

Je le suis de la bonté de son cœur, mais non de sa perfidie.

MILADY.

Enfin, qu'exigez-vous?

CHERBURY.

N'est-elle pas assez malheureuse d'avoir encouru votre
indignation? voudriez-vous voir Amanda sans asyle, sans
ressource, en butte à la plus affreuse misère, tandis que
vous jouiriez en paix d'une fortune immense et qui devait
lui appartenir, sans l'injustice de son père; quant à moi,

je vous déclare que je ne puis rien accepter, que vous n'ayez
assuré un sort à cette infortunée.

CHERBURY.

MILADY.

J'approuve votre délicatesse, milord ; je connais mes de-
voirs, et je saurai les remplir. Je souscris à vos vœux, et je
ne doute pas que Mortimer ne me sache quelque gré de pourvoir aux besoins d'une personne qui lui fut chère. Etes-vous
satisfait ?

CHERBURY.

Je suis au comble de mes vœux ! dès cet instant je me rends
auprès de mon fils, et vais le disposer au bonheur que vous
lui préparez.

(Il sort, Milady le conduit jusqu'auprès de la coulisse. Pendant ce
temps, Belgrave quitte sa cachette et vient s'asseoir sous le bosquet où
était Milady avec lord Cherbury.)

SCENE VI.

MILADY, BELGRAVE.

BELGRAVE, *à lui-même.*

Ce que je viens d'entendre est positif.

MILADY, *sans voir Belgrave.*

Mes mesures sont bien prises, je suis maintenant assurée
du succès.

BELGRAVE, *à lui-même.*

Pas encore.

MILADY, *de même.*

Belgrave seul m'inquiette.

BELGRAVE, *de même.*

Je le crois.

MILADY, *de même.*

Mais je saurai m'en débarrasser.

BELGRAVE, *de même.*

C'est ce qu'il faudra voir.

MILADY, *de même.*

J'ai bien fait de l'éloigner ; sa présence en ces lieux aurait porté obstacle à mes desseins.

BELGRAVE, *de même.*

Un plaisir différé n'est pas perdu.

MILADY, *de même.*

Ah ! mon pauvre colonel ! pour un homme adroit, vous
avez bien aisément donné dans le piège.

BELGRAVE, *se levant.*

Cela est vrai, madame.

MILADY.

Ciel !

BELGRAVE.

Mais j'espère m'en tirer.

MILADY.

Vous ici ?

BELGRAVE, *ironiquement.*

Peut-on quitter tant de charmes !

MILADY.

Mais.. sitôt.. par quel hasard.

BELGRAVE.

Hasard ! point du tout ; c'est exprès.

MILADY.

Où étiez-vous donc !

BELGRAVE.

Là, derrière ce bosquet.

MILADY.

Et qui faisiez-vous !

BELGRAVE.

Je vous écoutais, et j'ai entendu votre conversation avec lord Cherbury.

MILADY, *à part.*

Se pourrait-il ! (*Haut.*) Comment, vous écoutiez ! (*Elle fait un effort pour ramener le calme sur sa physionomie, et dit, en éclatant de rire.*) Ah ! vous écoutiez... Ah ! ah ! et qu'avez-vous appris de notre entretien ?

BELGRAVE.

Je sais tout. Avouez que ce piège vaut bien le vôtre. Vous riez...

MILADY, *riant toujours.*

Eh ! qui ne rirait pas ! Apprenez de moi, Belgrave que lorsqu'on veut écouter, il faut tâcher de n'être point apperçu. Convenez que le soupçon outrageant que vous avez porté sur ma bonne foi, mérite bien l'alarme que je vous ai donné.

BELGRAVE.

Cessez de vouloir m'abuser ; il n'est plus temps de feindre. Je serai plus sincère que vous : Amanda seule possédait mon cœur : l'amour m'avait égaré... le bandeau tombe ; et trouvant en vous un être plus avili, plus odieux, plus dé- prave que moi, je sens le remord naître dans mon âme, et pour vous le plus profond mépris.

MILADY.

Vous oubliez, colonel, que c'est à une femme que vous parlez.

BELGRAVE.

Plus une femme mérite nos égards et nos hommages, quand elle est belle des charmes de la vertu, plus elle mé- rite de mépris, quand les vices dégradent ce bel ouvrage de la nature.

MILADY, *fièrement.*

Colonel !

BELGRAVE.

Vous vous êtes servi de moi, pour éteindre dans l'âme de Mortimer l'amour qu'il avait pour Amanda. Eh bien je vais le r'allumer cet amour qui fait votre supplice, j'en ai les moyens, vous le savez, j'ai des titres dans mes mains qui déposeront contre vous et qui, en dévoilant vos intrigues, et votre perfidie, vous couvriront de honte et de mépris ; je ferai plus encore, je vais livrer à lord Cherbury, à Mortimer, à tout Londres même votre correspondance, et l'innocence trouvera bientôt une bouche plus pure que la mienne pour invoquer les lois et faire annuler le testament du duc de Dunréath. Oui, je cours...

MILADY.

Arrêtez Belgrave ! Avant de vous livrer aux excès de la colère, tâchons de nous entendre, évitons un éclat funeste pour tout deux ; écoutez.

BELGRAVE.

Pensez-vous encore me rendre votre dupe ?

MILADY.

Non, pour cette fois, je serai sincère.

BELGRAVE.

L'effort est noble ; mais il doit être pénible.

MILADY.

Mon intérêt le veut.

BELGRAVE.

Je pourrai donc y croire ?

MILADY.

Vous ne m'aimez pas ; ma fortune seule fixait vos vœux, et Mortimer avait tout mon amour. Eh bien achevez votre ouvrage, je vous rendrai l'obligation de cent mille livres.

BELGRAVE.

Quand ?

MILADY.

Le jour où Mortimer sera mon époux, et j'y ajouterai une somme égale, dont le capital vous sera constitué en rente sur le château de Dunréath. Eh bien colonel ?

BELGRAVE.

J'y souscris. Mais capitulons. Le contrat de rente me sera remis la veille de votre mariage, époque à laquelle je vous restituerai votre correspondance ; mais pour cimenter notre accord, il me faut, sur-le-champ mon obligation.

MILADY.

Sur-le-champ ?

BELGRAVE.

Article forcé du traité.

MILADY.

Mais... vous agissez avec sévérité.

BELGRAVE.

Je suis l'offensé, et de plus, vainqueur.

MILADY.

Allons, je me rends... Mais votre parole.

BELGRAVE.

Je n'ai ni votre estime, ni la mienne, ainsi ce serait un faible gage de ma bonne foi.

MILADY.

Voici le billet. Je compte sur vous, et qu'une amitié réelle remplace un sentiment qui nous était étranger. Je vous quitte et vais rejoindre Mortimer.

SCENE VII.

BELGRAVE, *seul.*

Il n'est pas encore ton époux, perfide ! J'ai dû ruser encore en cet instant pour mieux assurer ma vangeance. Le tableau de ton âme a révolté la mienne, et tout coupable que je suis, je sens qu'il m'est affreux de te ressembler !... Te ressembler ! cela est imposible, puisque j'éprouve en ce moment des remords que son cœur ne sentira jamais. Que je suis coupable ! J'ai perdu l'innocente Amanda ! j'ai osé attaquer sa réputation ! C'est moi qui lui ai ravi le honheur en la livrant à honte et à la misère ! Ah, Belgrave ! descends dans ton cœur. Tu donnerais tout ton sang pour une seule de ses vertus, pour regagner son estime. Malheur ! malheur à l'homme qui s'égare une fois, le retour est si difficile... difficile ! Tu n'as qu'à le vouloir. Vois combien il est pénible de se mépriser soi-même. Ose avouer tes torts, rends justice à l'innocence opprimé, rends ta victime au vertueux Mortimer, ce couple intéressant te pardonnera peut-être en voyant ton repentir ; Amanda daignera quelque jour accorder un sourire d'indulgence à celui qui cessa d'être son persécuteur. Cette idée élève mon âme et me rend à la vertu. Allons... Mais on vient de ce coté, c'est Cherbury et son fils, éloignons nous pour quelques instans et revenons ici confondre l'imposture. (*Il sort.*)

SCENE IX.

CHERBURY, MORTIMER.

CHERBURY.

Eh bien, mon fils, rien ne peut vous distraire ?

MORTIMER.

Ah ! mon père, j'ai tout perdu.

CHERBURY.

Amanda, par sa fuite, ne vous laisse plus d'espoir. Rappelez dans votre cœur cette noble fierté qui convient à votre rang.

MORTIMER.

Ne craignez pas, mon père, que j'aille, par un lâche retour vers l'objet qui me fut si cher, déshonorer le nom de mes ancêtres, et augmenter le triomphe d'un rival méprisable. Non, je saurai me vaincre et gémir, dans le silence, de la perfidie d'une femme pour laquelle j'aurais donné ma vie.. Ah ! mon père, pourquoi l'ai-je aimée ?

CHERBURY.

Vous avez pu vous laisser séduire par d'apparentes vertus ; mais il ne serait pas pardonnable que vous conservassiez encore quelqu'attachement pour une personne indigne de vous.

MORTIMER.

Ah ! mon père ! en vain je cherche à la bannir de ma pensée. Quelque chose que je ne saurais définir , me la représente sans cesse sous les traits les plus séduisans, et brillante de tous les charmes de la vertu... Mais... ce que j'ai vu ne me laisse aucun doute. Amanda, perfide ! je dois , non pas l'oublier, puisque cela n'est point en mon pouvoir ; mais la fuir... pour toujours.

CHERBURY.

Vous savez combien je desire vous voir heureux! Que ne donnerais-je pas pour qu'un autre hymenée...

MORTIMER.

Ah ! jamais ! jamais !

CHERBURY.

Le temps peut effacer... Si l'on vous offrait un rang distingué , une immense fortune , que la gloire et le bonheur de votre père dépendissent de cette union , pourriez-vous refuser ?

MORTIMER.

Que dites-vous ?

CHERBURY.

Oui, Mortimer , vous pouvez obtenir la main d'une femme vertueuse , riche et du plus haut rang.

MORTIMER.

Eh! mon père , quelle femme voudrait accepter l'hommage d'un cœur encore brûlant pour une autre ?

CHERBURY.

Qui ? lady Rudoff.

MORTIMER.

Lady Rudoff !

CHERBURY.

Elle-même. Cette généreuse amie , touchée de la perfidie d'Amanda , vous offre, avec une amitié pure et sincère , sa main et sa fortune.

MORTIMER, *réfléchissant.*

Dieux! lady Rudoff ! Quels soupçons s'élèvent dans mon esprit !

CHERBURY.

D'où peuvent-ils naître ?

MORTIMER.

Mon père , mon père ! Amanda n'est point coupable !

CHERBURY.

Que dites-vous, mon fils ?

MORTIMER.

Elle n'est point coupable , vous dis-je ! quelque horrible trame...

Amanda.   6

CHERBURY.

N'avez-vous pas été témoin...

MORTIMER.

Ah! malheureux!.. mon faible cœur cherche toujours à la justifier, et reçoit avidement toutes les impressions qui lui sont favorables. (*Amanda paraît dans le fond avec Charlotte.*) Mais.. que vois-je? Ces deux femmes... Ciel! c'est-elle!

CHERBURY.

Amanda? Fuyez, Mortimer.

MORTIMER.

Je ne le puis, mon père; une force irrésistible m'arrête.

CHERBURY.

Que voulez-vous faire?

MORTIMER.

La voir, lui parler, apprendre enfin...

CHERBURY.

Venez, suivez-moi.

MORTIMER.

Quoi! vous voulez que je perde le seul moyen qui me reste pour dissiper mes doutes? Amanda en ces lieux ne peut y être conduite que pour se justifier. Retirons-nous sous ces arbres, et observons ses démarches.

SCENE X.

CHARLOTTE, AMANDA.

CHARLOTTE, *conduisant Amanda.*

Venez, venez, ma chère maîtresse.

AMANDA.

Que signifie le bruit de ces instrumens que nous avons entendu de loin?

CHARLOTTE.

Je l'ignore; mais tout annonce qu'il y a quelque fête au château. Vous devez être bien fatiguée, miss. Je vous ai fait traverser la forêt, afin d'éviter la rencontre de vos ennemis, dans le cas où ils auraient voulu nous suivre. Reposez-vous un instant; je vais aller voir s'il n'y a point de danger de vous présenter à ma tante, et m'assurer de la cause du bruit qui nous alarme.

AMANDA.

Un moment, Charlotte. Me voilà donc dans le château de Dunréath!

CHARLOTTE.

Domaine de vos ayeux, et près de la chapelle où reposent les cendres de votre mère. Ce fut là aussi qu'elle contracta cette union si funeste.

AMANDA.

Hélas!

CHARLOTTE.

Ma chère maîtresse, ce lieu vous rappelle de tristes souvenirs; éloignons-nous.

AMANDA.

Non, Charlotte ; mon âme oppressée se plaît à nourir ici sa douleur. Vas au château, et ne tarde point à venir près de moi.

CHARLOTTE.

Je vais prévenir ma tante de votre arrivée. Prenez garde d'être apperçue. Au revoir, miss. (*Elle lui baise la main et sort.*)

SCENE XI.

AMANDA, *seule.*

L'antiquité de ce monument, ces ruines, ces débris, ces inscriptions gothiques, impriment dans mon cœur un sentiment de respect et de vénération qui m'attendrit jusqu'aux larmes.

(Elle se met à genoux devant la chapelle. Boston entre d'un des côtés du fond, et se trouve au milieu de la scène entre Amanda qui lui tourne le dos et Mortimer à sa gauche.)

SCENE XII.

AMANDA, BOSTON, MORTIMER, CHERBURY.

CHERBURY.

Mon fils, armez-vous de courage.

BOSTON.

Une étrangère, en ces lieux, à genoux devant cette chapelle.

AMANDA.

O vous mes respectables ayeux, qui goutez maintenant dans le sein de la vie éternelle le bonheur que vous ont mérité vos vertus, auriez-vous jamais pensé qu'un jour, étrangère dans le palais de ses ancêtres, une de vos filles, orpheline, persécutée, malheureuse et innocente...

MORTIMER.

Innocente !

AMANDA.

Ne pourrait pas même y trouver un abri contre le crime et les dangers qui la poursuivent... O ! Mortimer ! tu as pu soupçonner Amanda Fritzlan, qui ne vivait que pour toi !

BOSTON.

Amanda Fritzalan, l'ai-je bien entendu ?

MORTIMER, *haut.*

Amanda !

AMANDA, *se retournant.*

Que vois-je ! Mortimer, lord Cherbury. Ah ! fuyons.

MORTIMER.

Arrêtez, Amanda ! Cruelle ! quel dessein vous ramène en ces lieux.

AMANDA.

Mortimer, vos injustes soupçons ont déjà porté la mort dans ce cœur qui ne battait que pour vous. Un temps vien-

dra , peut-être , où vous me rendrez justice. Lord Cherbury
devait être mon défenseur ; je ne me permettrai aucune plainte.
L'amour veut que je vous fuie , l'honneur l'ordonne, recevez
un éternel adieu.

BOSTON.

Demeurez , Amanda , victime infortunée de lady R uoff.

MORTIMER.

Que dites-vous ?

AMANDA.

Est-ce un songe...? est-ce bien vous , ô respectable vieillard , qui depuis deux jours , occupez ma pensée.

BOSTON.

Oui, c'est moi que vous vîtes à Bristol , et j'allais dès
demain vous y chercher. (à *Mortimer*) Milord , si quelques nuages se sont élevés entre vous , laissez au tems le
soin de les dissiper. Les momens sont précieux. L'éternel
a fixé cette heure pour terminer l'infortune de la vertu.
(*A Amanda*) Amanda, le ciel a mis un terme à vos maux ,
il vous rend tous les biens que vous avez perdus.

AMANDA.

Qu'entends-je ?

BOSTON.

Je suis le ministre qui reçut les derniers soupirs du duc
de Dunréath , votre père, au lit de sa mort ; il vous rendit
tous vos droits. Mais le dépôt sacré des dernières volontés du duc resta ignoré, tant que je ne pus vous décou-
vrir ; je savais trop combien il était dangereux d'éveiller
les soupçons de Milady ; mais enfin je vous retrouve ! Venez chez le magistrat à qui j'ai remis l'acte original dont
j'ai la copie. Vous , lord Mortimer, soyez son protecteur ;
ses droits sont incontestables.

MORTIMER.

Oui, cruelle, malgré vos torts, et quoique je ne puisse
plus être votre époux , je veillerai sur vous, j'invoquerai
les lois pour vous rendre l'héritage de vos pères , et vous
me devrez au moins le repos que vous m'avez ravi. Mais
que veut Charlotte ? elle accourt effrayée.

SCÈNE XIII.

AMANDA , BOSTON , CHARLOTTE , MORTIMER,
CHERBURY.

CHARLOTTE , *accourant.*

Fuyez, Amanda ! fuyez ! l'odieux Belgrave est ici.

TOUS , *ensemble.*

Belgrave !

CHARLOTTE.

Que vois-je ? lord Mortimer. Ah ! milord , c'est le ciel
qui vous envoye. Amanda n'est point coupable ; elle n'a jamais

cessé de vous adorer. Défendez-la, sauvez-la de la rage de son ennemi. Il vient.

MORTIMER.

Le traître périra par ma main.   (*Il tire son épée.*)

CHARLOTTE.

Voici Milady.

SCENE XIV.

CHARLOTTE, AMANDA, BOSTON, BELGRAVE, MILADY, MORTIMER, CHERBURY.

MORTIMER.

Monstre ! défend tes jours ?

MILADY.

Arrêtez, Mortimer. Que vois-je, Amanda ? que signifie...

BELGRAVE.

Suspendez votre courroux, milord, et daignez m'écouter.

MORTIMER.

T'écouter, lâche ! que diras-tu qui puisse te mettre à l'abri de ma fureur.

BELGRAVE.

Je vous dois une réparation, l'honneur l'exige, et je viens vous la faire.

MILADY, *troublée.*

Colonel, votre présence en ces lieux met le comble à votre audace ; personne ici ne vous dispute le digne objet de votre amour. Éloignez-vous avec lui, et rendez-nous le repos que vous nous avez ôté.

BELGRAVE.

Un moment. (*Allant à Mortimer.*) Mortimer, j'eus de grands torts envers vous ; je veux, je dois les réparer. Amanda est innocente.

AMANDA et CHARLOTTE.

Ciel !

MILADY.

Qu'osez-vous dire ?

BELGRAVE, *froidement.*

La vérité.

MILADY, *à part.*

O rage !

BELGRAVE.

Je ne parais devant vous, belle Amanda, que pour solliciter un pardon que je sais n'avoir pas mérité ; mais je ne suis pas le seul coupable, et vous excuserez, j'en suis sûr, des torts que n'aurais jamais eu, sans les instigations de la plus perfide des femmes. (*montrant milady.*)

MORTIMER.

Quoi ! Milady...

BELGRAVE.

Oui, milord, c'est cette amie tendre qui ourdit les trames

odieuses que j'ai employées pour perdre la beauté, l'innocence et la vertu. Lisez cette lettre. (*Il lui donne une lettre.*)

MORTIMER, *lisant.*

« Venez ce matin, cher Belgrave ; j'ai besoin de vous voir.
» Je veux vous faire part du plan que j'ai conçu et que je
» veux mettre à exécution dès aujourd'hui. Il doit infaillible-
« ment perdre cette Amanda que je déteste, flétrir son hon-
« neur et désespérer son Mortimer. Ma main sera le prix
» de votre complaisance. » Lady RUDOFF.

MILADY.

O fureur !

MORTIMER.

Quel comble de perfidie !

MILADY, *à Belgrave, qui la fixe.*

Triomphe, scélérat !

AMANDA.

Hélas ! que lui avais-je donc fait ?

BELGRAVE.

Vous étiez aimée de Mortimer.

MORTIMER.

Quoi ! vous avez voulu...

MILADY.

Oui, j'ai voulu la perdre, et mon amour pour l'ingrat
témoin de ma honte, m'a porté à ces excès. Mais ne vous
croyez pas encore à l'abri de mes coups ; tant que milady
Rudoff respirera, redoutez tout de sa haine. Sortez de cette
maison, Mortimer ; eh emmenez...

BOSTON.

C'est à vous de sortir, madame.

MILADY.

Qu'entends-je ?

BOSTON.

Le ciel a voulu que tous les efforts employés pour faire
déshériter Amanda Fitzalan fussent sans succès. Le duc,
en descendant au tombeau me remit le testament par lequel
il reconnaît Amanda légitime héritière de tous ses biens.

MILADY.

Croyez-vous m'en imposer.

BOSTON.

Non, madame, ce titre est en mon pouvoir. Il est de la
main même du duc, et revêtu de toutes les formalités d'un
testament olographe.

AMANDA.

Rassurez-vous, madame, Amanda se rappelle vos bienfaits ; un partage égal...

MILADY.

Ces dons m'humilieraient : une faveur d'Amanda serait
un outrage pour un âme telle que la mienne.

BELGRAVE.

Dans ce moment où la fortune vous abandonne, madame,

je n'oublie pas qne je suis votre débiteur ; reprenez cette obligation , je saurai m'aquitter envers vous

MILADY, *prenant l'obligation.*

Je suis moins sensible à la privation de mes biens qu'au triomphe d'une rivale que je déteste ; je les eusse tous donnés pour la perdre. Jouissez en paix, si vous le pouvez ; mais croyez que votre bonheur ne sera pas sans quelques traverses. Lady Rudoff existe encore, et ne vous perd pas de vue. Adieu. (*Elle sort.*)

SCÈNE XV.

Les Mêmes , excepté MILADY.

MORTIMER.

Amanda , chère Amanda ! comment pourras-tu me pardonner.

AMANDA.

Ah ! milord , j'ai tout oublié.

MORTIMER.

Et vous , Belgrave , votre procédé vous rend toute mon estime.

BELGRAVE.

Adieu , Mortimer.

MORTIMER.

Quoi ! vous nous quittez , lorsque si noblement vous avez su réparer...

BELGRAVE.

Ma présence en ces lieux rappellerait à la vertueuse Amanda de trop fâcheux souvenirs. Je quitte l'Angleterre, et vais aux champs d'honneur faire oublier , s'il est possible, ma conduite passée. Un jour, je l'espère , je serai digne de votre estime et de votre amitié. Alors, seulement, je viendrai réclamer l'un et l'autre, et jouir de votre bonheur. Adieu , belle Amanda. Milord , je vous salue.

SCÈNE XVI.

BOSTON , CHARLOTTE , AMANDA , MORTIMER CHERBURY.

MORTIMER.

Ah ! mon père ! partagez ma joie. L'innocence d'Amanda l'emporte enfin sur la scélératesse et la perfidie.

CHERBURY.

Ah ! Mortimer , vous ne connaissez pas encore toutes ses vertus. Si vous saviez... Apprenez...

AMANDA , *lui mettant la main sur la bouche.*

Mon père, ce secret n'est plus à vous ; il m'appartient ; je vous prie de ne jamais le révéler.

MORTIMER.

Que voulez-vous dire ?

AMANDA.

Ce que Mortimer ne doit point savoir.

CHARLOTTE.

Ah ! ma bonne maitresse que je suis heureuse.

AMANDA.

Ma bonne Charlotte, toi qui ne m'as point abandonnée dans mon infortune, partage mon bonheur, rends le plus grand encore, en demeurant avec moi ; que ta famille ne me quitte plus, et prouvons que la véritable source du bonheur est dans l'amitié, l'amour et la vertu.

FIN.

De l'Imprimerie de F. BRETON, place Maubert, N°. 17.